世界上最棒的貓

Higuchi Yuko（ヒグチユウコ）文／圖

張桂娥 譯

目次

1

想 成 為 真 正 的 貓

大家好，先自我介紹。

我的名字是喵喵。

幫我取名字的小男孩非常疼愛我，

所以我非常幸福。

每一天，

小男孩都會抱著我一起睡覺！

咦？為什麼我髒兮兮的？
那是因為從小男孩還是嬰兒的時候，
我們就是好朋友了。
當他傷心難過時，我會幫他擦眼淚；
出去玩耍時，也總是陪在他身邊，
跟他越是要好，我就變得越髒呢！

雖然大家都說我該洗澡了，
但是小男孩特別喜歡我的味道，
也擔心萬一洗的時候不小心扯破我就糟了。
我想，我一定是全世界最幸福的布偶娃娃！

可是……其實，我有一件很擔心的事。
那就是，小男孩已經長大，
現在七歲了。
大家都說，小孩子差不多在這個時候
就會對玩偶膩了。
我一直思考，
到底該怎麼做，
才可以留在小男孩身邊，
永遠當他的好朋友？

於是，我的朋友章魚娃娃和蛇娃娃
告訴我一個超級棒的妙方法。
「你是貓吧？
只要變成真正的貓就行啦。
這樣一來，連大人也會很愛你喔！」
原來如此！這方法真不錯！

「可是，要怎麼做才能成為真正的貓呢？」

「告訴你一個好方法，就是貓鬍鬚！

貓的鬍鬚裡藏著特殊的魔力。

只要蒐集貓鬍鬚，

和你體內的棉花放在一起，

就會越來越接近真實的貓！」

「原來是這樣！鬍鬚！

我要去蒐集閃閃發亮的貓咪鬍鬚！

我希望能更被疼愛、

成為世界上最棒的貓，

即使小男孩長大成人，

也要一直陪在他身邊！」

喵喵馬上去找住在同一個家裡的貓咪。

貓咪非常粗暴又愛欺負人，

每次都故意嘲笑喵喵，

是一隻壞心的貓咪。

可是，

小男孩的媽媽卻將他當成心肝寶貝，

百般寵愛他。

「貓咪果然很狡猾啊！」喵喵心想。

要從壞心貓咪身上奪取鬍鬚，似乎是不可能的任務。
喵喵決定避免跟壞心貓咪直接碰面，
來到他經常睡午覺的床上仔細翻找。
結果，喵喵在床上發現了又粗又長的鬍鬚，
而且還是兩根呢！

「太好了！」

喵喵高興的撿起鬍鬚，

迅速塞進自己體內。

「這樣一來，我就更接近真正的貓了吧？」

小男孩一定更加喜愛我了！

喵喵想到這裡，忍不住開心了起來！

2

找到好朋友的帽子貓

我得蒐集更多的鬍鬚才行！

喵喵騎著奇蝦，開始尋找其他的貓。

過了不久，他發現了一隻貓，滿臉無聊的看著窗外。

喵喵決定試著向他搭話。

「你好！」

窗裡的貓聽見了，

神色慌張、一副不知所措的樣子，

非常小聲的回答：

「……你好！」

喵喵心想：

他跟家裡的貓咪完全不一樣，看起來不會很高傲。

或許他會願意聽聽我的故事。

「我有一個請求，你能聽我說嗎？」

窗裡的貓露出猶豫的表情，

過了一會兒，還是打開了房門。

屋子裡很乾淨，

可是空蕩蕩的，有點冷清。

而且不知道為什麼，

他戴著黑漆漆的呢絨帽，

幾乎蓋住了整張臉。

貓主人將茶與點心擺在桌上，小聲的問：

「你剛才說的請求，是什麼事呢？」

喵喵開始說明蒐集鬍鬚的事。

當他提到「自己喜歡一個小男孩，所以……」的時候，

貓主人突然搓揉起放在膝蓋上的雙手，

一遍又一遍，不停的搓來搓去。

喵喵說完自己的來意之後，察覺到對方的反應有些奇怪，

便開口問：

「你獨自住在這裡嗎？

為什麼要藏起臉呢？

為什麼看起來一副很哀傷的模樣？」

16

帽子貓一語不發，

接著小聲說：

「這裡只有我而已。當我還是小貓的時候，

每個人都嘲笑我：『長得一點也不可愛！』

『你身上的花色真難看！』

從此之後，我就不再讓任何人看我的臉了。」

喵喵聽到這番話，嚇了一跳。

「我們才不會那樣想，更不會說出那種話。

讓我看看你的臉吧！」

帽子貓有些遲疑，但還是脫下了帽子。

脫下帽子後的臉龐，看在喵喵眼裡，

是多麼可愛，多麼溫柔啊！

一滴滴的淚珠從帽子貓的眼眶湧出，不斷滾落。

「你有著美麗的金色眼睛，以及溫柔的臉孔。

你就是我一直希望成為的真實貓咪。

我家也有貓咪，

只不過他一天到晚神氣活現，擺出高傲的態度，

還是個愛欺負人的壞傢伙！」

喵喵握住帽子貓的雙手，對他說：

「在你眼中，我看起來怎麼樣？

就是破破爛爛的骯髒布偶，不是嗎？

可是，小男孩卻非常珍惜我、疼愛我，

讓我成為全世界最幸福的布偶娃娃！」

帽子貓哭泣了一會兒之後，

注視著喵喵的雙眼，帶著愉悅的表情對他說：

「謝謝！」

就在那瞬間，他發現帽子貓，

有一根特別不一樣的鬍鬚。

「你有一根鬍鬚長得彎彎曲曲的！」

「是這樣嗎……我連鬍鬚都不可愛……」

「才不是呢！那是一根非常特別的螺旋鬍鬚喔！」

就在這時候，

蜷曲的螺旋鬍鬚竟然掉了下來。

帽子貓伸手接住它，

「如果這種鬍鬚也可以的話，你願意收下嗎？」

喵喵很開心，興奮的說：

「你不但溫柔善良、擁有美麗動人的長尾巴，

甚至連這麼特別的鬍鬚都願意送給我！」

帽子貓忸忸怩怩的說：

「如果不嫌棄的話，你願意當我的朋友嗎？」

「我們已經是朋友啦！」喵喵伸出手，

溫柔的擦乾貓主人眼眶湧出的淚珠，

一滴滴眼淚滲入喵喵手掌的呢絨布裡。

「我從以前開始，就像這樣，

不斷為小男孩擦拭淚水！

我想，你將來一定也找得到

願意為他擦拭淚水的對象喔。」

聽到這裡，貓主人總算才露出笑臉說：

「喵喵，小男孩有你一直陪伴在身邊，

真是幸福！」

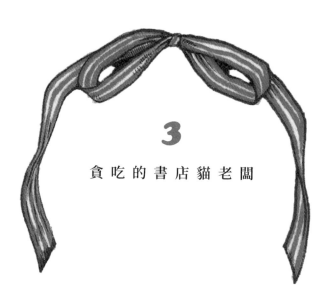

3

貪吃的書店貓老闆

這天，喵喵來到商店林立的小鎮。
走著走著，發現一間非常棒的書店。
書店的招牌上有鬍鬚的圖案……喵喵有點好奇，
於是決定進去逛逛。

店裡雖然不寬敞，
但是每個書櫃都塞滿了各式各樣的書籍。
「有哪些書呢？」喵喵隨意抽出幾本書，
拿在手上翻閱。

書櫃上似乎都是些他看不懂、不可思議的書。

「啊！這本書！」

說不定就是記載
貓咪鬍鬚祕密的書呢！

喵喵顫抖著翻開書頁，
卻完全看不懂究竟是用什麼語言寫成的。
正當他傷心無助而垂頭喪氣時，
書店老闆走了出來，對他說：
「這是關於貓咪魔法的書！」 原來，書店老闆是一隻貓。

貓老闆從喵喵手中取回書，

流暢的朗讀出內容。

但是喵喵一個字也聽不懂，

那些聽起來像是咒語的語詞到底是什麼意思。

喵喵開始感到有點恐怖，

於是貓老闆斬釘截鐵的說：

「這本書對你來說可能太難了！」

便將書放回書櫃裡。

當書本收起來之後，喵喵突然發覺，

那本書裡可能記載了許多非比尋常的重大祕密！

喵喵跟貓老闆說：

「我想知道關於貓鬍鬚的事情。」

「為什麼？」貓老闆探問詳細的理由，

於是喵喵開始說明他為什麼要蒐集鬍鬚。

貓老闆一臉沒興趣的模樣，

只是冷冰冰的回應了一句：

「這裡沒有任何提到鬍鬚的書！」

喵喵沮喪的向貓老闆道謝，
準備和奇蝦走出書店時，
貓老闆突然開口：
「等一下！你的包包裡裝了什麼？」
喵喵嚇了一跳，回答說：
「是貓咪的零食。」

結果，剛才冷漠無情
的貓老闆，
突然散發銳利的眼神，
一直盯著
喵喵的斜背包。

喵喵打開包包，
取出三條大魚乾，遞給貓老闆。

貓老闆露出愉快的笑容，
一轉眼馬上吃掉了兩條魚乾，
最後一條則小心的放入圍裙。
接著，貓老闆從書店內部的抽屜
拿出一些東西，對喵喵說：
「這個給你！」

喵喵仔細一看，
竟然是三根色澤鮮明的雪白鬍鬚！
「咦？這些都要給我嗎？
太感謝了！」

貓老闆摸摸喵喵的頭說：
「歡迎你下次再來！」
這下子鬍鬚又增加了！
喵喵開心的回到家。

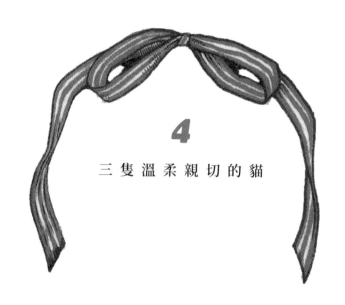

4

三隻溫柔親切的貓

今天是好天氣，
喵喵和奇蝦決定前往平常難得造訪的
西城鎮瞧一瞧。
沒想到，他們在那裡發生了嚴重的意外。
他們不知不覺闖入了雜樹林，
林邊還長著許多滿是尖刺的荊棘。

奇蝦不小心陷入荊棘叢，
要是再繼續掙扎下去的話，
恐怕全身都會扯爛！
喵喵不知道該如何是好。

「我去找人來幫忙！」

喵喵留下可憐的奇蝦，
尋找能夠幫忙的人。
可是，附近完全沒有任何人經過，
正當他不知道該怎麼辦的時候，
停在樹枝上的烏鴉飛下來問他：
「發生什麼事啦？」
喵喵告訴他事情的經過，
「真糟糕！我們一起去救他吧！」
烏鴉好心的回應他。

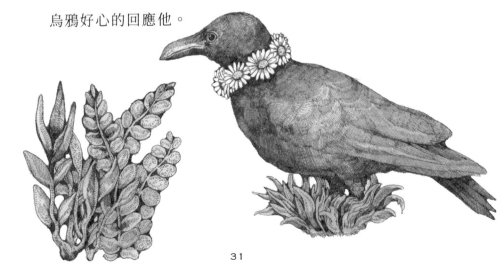

當喵喵返回剛才的地方，
卻沒有看到奇蝦的蹤影。
喵喵四處尋覓，不停叫喚，
還是找不到奇蝦。
烏鴉貼心的安慰他：
「如果有人發現奇蝦，一定會通知你的，
不要那麼難過！」
可是喵喵因為驚嚇過度，呆坐在地上。
奇蝦從以前就和他一起陪伴小男孩，
也是小男孩萬分寵愛的親密家人！
喵喵不知道該怎麼辦。

喵喵累得倒在草叢上，

不久便睡著了。

「咦？這個孩子怎麼啦？」

當喵喵醒來時，

發現自己被柔軟的手臂環抱著。

好多張貓臉出現在眼前，

帶著擔心的表情看向自己。

「啊！眼睛睜開了！」「不要緊吧？」

「臉上有哭過的痕跡呢！」

貓咪們你一句我一句，不斷的送上關懷。

喵喵一邊感到驚訝，一邊向她們道謝。

「我的好朋友不見了，

他還受了傷。

都是因為我硬拉著他找鬍鬚……」

喵喵將發生的事情全部告訴貓咪們。

三隻貓咪看向彼此，用眼神交換訊息，

一會兒才跟他說：

「我們在附近沒有看到其他人出現。」

「我得趕快去找奇蝦！」

當喵喵滿心焦急、想要往外衝的時候，

「等一下！」個頭最大的灰貓咪拿著某樣東西，

遞到他手上。

仔細一看，原來是兩根黑鬍鬚！

「隨時歡迎你再回來！」

「我們會蒐集鬍鬚，等你來拿喔！」

「如果沒有地方可以去，你可以來我們家。」

臨別時，大家一句接一句，輪流擁抱喵喵道別。

「他長得這麼可愛，
小男孩一定會永遠珍惜他的！」
「希望他也能趕緊找到好朋友！」
喵喵再三道謝之後，
跟三隻貓咪依依不捨的說了再見。
怎麼會有這麼親切的貓咪呢！
我也想成為體貼又溫柔的貓。
喵喵在心裡想。

5

和 旅 人 貓 的 約 定

雖然喵喵每天在外頭尋找奇蝦，
卻一點線索也沒有。

喵喵不免擔心，

沒有喵喵和奇蝦陪在身邊，小男孩會不會傷心呢？

但是，他也不能一個人跑回家。

喵喵不知道該怎麼辦才好，

再怎樣想破頭也沒有方法，只能無助的蹲在地上。

就在這時候，天空滴滴答答的下起雨來。

「糟了！」喵喵是絨毛布製的玩偶，

萬一淋濕了，

就會動彈不得，哪裡也去不了！

他焦急的尋找可以躲雨的地方，

卻找不到適當的場所，

整個人慌張了起來。

突然間，

有人剛好從旁邊經過，

好心的為喵喵撐起一片寬闊的款冬葉。

「謝謝你！」

喵喵抬頭看了一眼，

發現是一隻上了年紀的大貓咪。

大貓咪穿著破破爛爛的衣服，

身邊跟著小小狗。

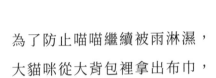

「我淋濕的話就會動不了，
真的非常謝謝你！」

為了防止喵喵繼續被雨淋濕，
大貓咪從大背包裡拿出布巾，
一層又一層的團團裹住喵喵。

大貓咪讓喵喵坐在他的大背包上，
慢慢彎下腰來，坐在背包旁邊。
他從口袋裡拿出麵包，一半分給小狗，
剩下的一半遞給喵喵。
喵喵完全沒有食欲，先說了謝謝，
再客氣的婉拒他的好意。
大貓咪平靜的問他：
「剛才看到你板著一張苦瓜臉，
好像陷入痛苦的沉思，到底發生了什麼事？」
於是喵喵告訴他蒐集鬍鬚和奇蝦的事情。

大貓咪靜靜的思考了一段時間，開口問：
「奇蝦失蹤的事情，
你告訴那位在你心目中
最重要的小男孩了嗎？」

「唔⋯⋯沒有，我不能就這樣自己回家。」

「可是，你的家人一定非常擔心你。

我正在旅行，

可以幫忙一起尋找奇蝦。

不過，你還是先回家一趟比較好。」

「你呢？沒有家嗎？」喵喵問。

旅行中的大貓咪摸摸小狗的頭，

慢慢的說：「我也是跟人類一起生活。

可是，有時候會出遠門旅行。」

「跟你住在一起的人，不會寂寞嗎？

你也不會覺得寂寞嗎？」

「每一次旅途結束回家時，

他們總是親切的迎接我。

其實，我原本也是生活在外面的世界，

有一次身體不舒服，

他們恰好救了我一命。之後，

我就變成那個家庭的一份子。

再旅行一陣子之後，我也差不多該回家，

跟他們分享旅途的故事了。

我非常喜歡我的家人喔。」

喵喵突然好想好想見到小男孩。

「雨停了，我送你一程，

總之，先回家一趟吧！」

喵喵點了點頭。旅行中的大貓咪跟他約定，

在接下來的旅程中，會幫他找尋奇蝦。

「大貓咪，謝謝你！」

6

壞心的貓咪

喵喵決定接受旅人貓的建議，
暫時先回家一趟，
他悄悄從窗戶進入屋內，才幾天沒回家而已，
竟然感覺好像離開了很長一段時間。
因為剛好是上學時間，小男孩不在家。

喵喵拖著沉重的腳步進入小男孩的房間，
首先映入眼簾的是一張貼在牆壁上的畫。
那是小男孩親手繪製、喵喵和奇蝦的畫像。

小男孩的書桌還放著圖畫紙，上面寫著：

我最重要的好朋友。
找到的人，請通知我！

喵喵非常懊惱，
後悔自己竟然先跑回家。
喵喵注視著小男孩的畫，掛念著奇蝦。
心裡百感交集，不知道該怎麼辦才好。
就在這時候，門口傳來一陣聲響。

站在門口的竟然就是跟他住在同一個屋簷下的壞心貓咪。

壞心貓咪板著恐怖的臉說：

「你給我乖乖坐在那兒！」

幾乎不曾交談過的壞心貓咪竟然用這種態度對他說話，

嚇得喵喵動也不敢動。

雖然有些猶豫，也不清楚他究竟會對自己怎麼樣。

總之，先坐下來聽聽他怎麼說吧。

「你到底去了哪裡？」

「‧‧‧‧‧‧‧」

「你不在家的這幾天，小男孩到處找你，
搞得一團亂！」

壞心貓咪告訴他，
小男孩一開始以為是壞心貓咪趕走了喵喵和奇蝦，
毫不留情的責罵他。
連媽媽都懷疑壞心貓咪，讓他受了不少苦。

51

喵喵知道自己連累了壞心貓咪，
更加難過了。
他鄭重向壞心貓咪道歉，
承諾一定會盡快帶奇蝦回家。
「每天晚上陪小男孩睡覺的你，
莫名其妙的突然失蹤，
小男孩每天都哭得好傷心。」
喵喵聽了，一句話也說不出來。
雙眼滿是淚水，難過的低頭不語。
「趕快回家吧！」
壞心貓咪伸出手，
交給喵喵一樣東西……
竟然是壞心貓咪自己的鬍鬚！

為什麼他知道這件事？
喵喵嚇了一跳，
愣在原地。
就在這個時候，
擔心喵喵的朋友們出現在
房間門口，
看著喵喵。

「和鬍鬚比起來，

現在最要緊的是找到那隻茶褐色的傢伙，

早點回來吧！」

壞心貓咪用冷淡的語氣說。

此刻，喵喵終於明白，

壞心貓咪其實心地不壞。

喵喵向壞心貓咪和朋友鄭重道謝後，

馬上離開家，出發尋找奇蝦。

7

得救的嬰兒貓

喵 喵與旅人貓會合之後，
開始找尋奇蝦的蹤影。

但是不管怎麼找，還是找不到。

當他們經過河邊時，

看見貓姊姊坐在長板凳上。

貓姊姊正在讀書，

聽到喵喵詢問奇蝦的事之後，

抬起沉穩的眼睛，「我不知道。」

她臉上露出寂寞的表情，

喵喵忍不住擔心了起來。

她的貓耳朵形狀非常特別，似乎曾經受過傷。

一定很疼吧，喵喵心想。

「不會，一點也不痛。」貓姊姊說。

「可是……」喵喵說著，摘下旁邊的花朵，

插在貓姊姊的耳朵後方。

這時，貓大姐終於明白喵喵在擔心她，

便露出了微笑，

對他說一聲：「謝謝！」

喵喵跟貓姊姊道別之後，

沿著河岸繼續往前走。

過了一會兒，

遙遠的岸邊隱隱約約出現一個很小、很小的東西。

「奇蝦！」喵喵大喊一聲，衝了過去。

他跑近一看，發現那根本就不是奇蝦，

而是一隻茶色的小嬰兒貓。

嬰兒貓全身溼答答，閉著眼睛，

一動也不動。

旅人貓從後背包取出各種隨身物品，

細心的照料嬰兒貓。

小狗和喵喵只能在一旁靜靜的守護著。

旅人貓說：

「小貓咪非常虛弱，如果就這樣放著不管，

可能無法存活，還是帶著他一起走吧！」

喵喵連連點了幾次頭，贊成旅人貓的提議。

「我們得先讓他身體回暖、變乾，

再讓他吃點什麼才行。」

旅人貓說著，轉身回到之前走過的小路。

這時，剛才的貓姊姊看到他們，迅速走了過來。

「讓我抱一下，用布巾將他裹起來吧。」

她用布巾細心包覆嬰兒貓後，再溫柔的緊緊抱在胸口。

嬰兒貓原本不停顫抖著，

貓姊姊緊緊抱住他之後，

似乎也漸漸平靜下來了。

那一晚，大家留在貓姊姊家過夜，

守護著嬰兒貓，觀察他恢復的狀況。

嬰兒貓喝了牛奶，身體也變乾了，

毛髮蓬鬆柔軟，一臉舒服的進入了夢鄉。

「這個小寶寶，以後就是我家的孩子了！」

第二天，貓姊姊看著恢復精神的嬰兒貓，
表情和昨天寂寞的模樣完全不同，
臉上洋溢著幸福。
「大家再一起過來探望他喔！」
喵喵向貓姊姊道謝，到了說再見時，
他告訴她：
「下一次，我要帶我的朋友奇蝦一起來！」

8

奇蝦的行蹤

喵喵繼續尋找奇蝦，
來到了之前拜訪的書店。
「上次我來的時候，店裡有一位貓姊姊喔。」
喵喵告訴小狗，往書店裡一瞧，
發現裡頭有兩隻貓，好像聊得很開心。

他們似乎沒有注意到喵喵出現在門口，

於是，喵喵主動出聲問候：「你們好！」

「哎呀！你是之前拿魚乾來的貓！」

貓老闆說完，馬上起身站了起來，
盯著喵喵的小小斜背包。
「你把之前跟你一起來的傢伙變成小狗啦？」
「不是的，我們失散好一陣子，
我現在到處尋找他呢！」

喵喵問貓老闆知不知道奇蝦的行蹤。

貓老闆說：「我哪知道啊？」

喵喵聽了好失望，正想離開書店時，

旁邊的另外一隻貓說：

「我在南方的花園附近，
看見了一隻長相奇特的茶褐色生物喔！」

「咦？真的嗎？」
喵喵激動的跳起來，
「快點！我們趕快過去瞧瞧！」

喵喵帶著小狗，準備要衝出門時，

貓老闆還是目不轉睛的盯著他。

喵喵從斜背包掏出魚乾，

對貓老闆說：

「你身上的圍裙，跟上次的不一樣呢。」

「穿著時髦，是我最基本的原則喔！」

貓老闆接下魚乾就塞進口中，

邊大口咀嚼邊回應他。

沒多久，

兩隻貓就吃光魚乾，

笑得很開懷的說：

「下次再來玩喔。」

「你看，掉下來的鬍鬚，我都收藏起來了。」

貓老闆說完，就將鬍鬚拿給喵喵。

「謝謝你！」

喵喵道了聲謝謝，隨即離開了書店。

9
奇蝦和大個頭貓

喵喵和小狗朝著貓老闆告訴他們的地方，
不停、不停的奔跑著……

他們遠遠看見有貓咪戴著帽子，
坐在砍掉的樹根上。
原來是之前送他鬍鬚的帽子貓。

喵喵問帽子貓：「發生什麼事了？」

帽子貓告訴他：

「我出門買麵包，回來時不小心跌倒了。」

只見帽子貓的雙腳滲出血來，看起來很痛的樣子。

喵喵告訴他自己跟奇蝦失散了，

但等一下說不定可以找到他，

所以要盡快前往

有機會找到他的地方。

帽子貓聽了後說：

「我不要緊的，

你們趕快去吧！」

「我們沒辦法就那樣扔下你不管！」

喵喵好為難。

就在這時，眼前的小狗突然越變越大，

喵喵和帽子貓都大吃了一驚。

71

變大的狗兒露出溫柔的笑臉，蹲了下來，
讓他們可以輕鬆的騎在背上。
喵喵和帽子貓立刻爬上去，
坐在覆蓋著蓬鬆軟毛的大狗背上。

大狗載著兩個人，用疾風般的速度往前飛奔。
轉眼間，他們就抵達目的地。

「奇蝦！」

喵喵終於發現了奇蝦，
就在池塘邊、一隻大個頭的
褐斑雜色白貓身旁。
大個頭貓將釣魚線垂入池裡，
坐在池邊釣魚。

奇蝦也注意到了喵喵，

他衝進喵喵朝他張開的臂彎裡，緊緊抱住。

雖然奇蝦身上的布變得破破爛爛，

但是嚴重的傷口都縫合好了。

「奇蝦，

我好想你。

真是對不起！」

正在釣魚的大個頭貓回頭看著他們，
馬上注意到帽子貓的傷口。

大個頭貓雖然外表看起來很可怕，
可是似乎很溫柔。
大個頭貓問帽子貓：
「為什麼要用帽子遮住臉呢？」

帽子貓聽了，

害羞得什麼話也說不出來。

喵喵只好代替帽子貓回答：

「因為他很害羞。」

帽子貓拿出身上的麵包送給大個頭貓，

當作回禮。

這時，喵喵偷偷的伸出手，

拿下帽子貓頭上的帽子。

為什麼要遮住臉呢？

明明就長得這麼可愛！

帽子貓嚇了一大跳，連聲音都發不出來。

他太開心也太害羞，

趕緊伸出雙手，掩住臉頰。

喵喵看見了這一幕，

也感到非常開心。

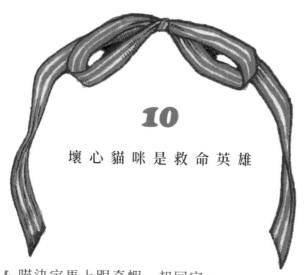

10

壞心貓咪是救命英雄

喵喵決定馬上跟奇蝦一起回家。
和往常一樣，
喵喵縱身一躍，爬上窗戶，
準備溜進家裡時……

「喂！站住！」

壞心貓咪突然現身，
一把抓住喵喵的尾巴，
阻止他們進入房間。

喵喵倒吊在半空中，
嚇了一大跳。

「你們兩個！
這幾天都不在家的事，
打算怎麼解釋？」

「算了，一切交給我吧。」
壞心貓咪說完，
把喵喵和奇蝦夾在腋下，
立刻往家裡移動。

壞心貓咪在進門之前，
迅速的抓起一把泥巴，將手腳抹得髒兮兮的。
喵喵看了壞心貓咪的樣子，覺得很奇妙。

一踏進家門，壞心貓咪用跟平常截然不同的聲音，

好像撒嬌似的，

發出「喵——喵——」的叫聲。

緊接著，

待在家裡的媽媽慌慌張張的從房間衝了出來。

「哎呀！是喵喵和奇蝦！

難道……你把他們兩個找回來了？」

壞心貓咪露出了小貓咪般的表情，

一連點了好幾下頭。

媽媽再三稱讚壞心貓咪，

很高興喵喵和奇蝦能夠平安回家。

壞心貓咪成了帶喵喵和奇蝦回家的大英雄。

小男孩知道喵喵和奇蝦平安返家的消息，

邊哭邊緊緊抱住他們。

雖然他們變得比以前更破爛了，

但是小男孩根本不介意。

喵喵這時才鬆一口氣，總算安心了。

對於壞心貓咪一副「還不快感謝我」的態度，

喵喵還是有些生氣，

但比起之前被當成空氣對待，兩人的感情似乎

也變好了。

喵喵對壞心貓咪說：

「謝謝你。」

結果，壞心貓咪露出有些驚訝的表情，

開心的張嘴微笑。

他想的沒錯，原來壞心貓咪並不壞。

11

幸 福 的 重 逢

喵喵感受著和奇蝦平安回到家裡的幸福。

喵喵和奇蝦的朋友告訴他們：
「你們在這次的旅程中，
不是受到許多貓咪的照顧嗎？
要不要送禮物向他們道謝呢？」
喵喵心想，這是個好點子！
可是，喵喵身上什麼也沒有，
更不用說要送禮物了。

這時，壞心貓咪走了過來，
手上拿著庭院長出來的野草，
「可以送他們這個喔。」

「這些是貓草的種子！」

喵喵打開小背包，
裝進許許多多貓草種子，
出發前往大家的住處，
跟每一隻貓說謝謝。

首先，

他們來到了帽子貓的家。

沒想到，拯救了奇蝦的大個頭貓也一起出現，

他似乎住在帽子貓的家。

帽子貓跟之前毫無自信的樣子截然不同，

眼神閃閃發亮。

他們也見到了那三隻體貼溫柔的貓，

「哇！你真的記得回來找我們耶！」

三隻貓咪開心的伸出雙臂擁抱喵喵和奇蝦，

歡迎他們來訪。

「我們為了你，特地收藏了好多鬍鬚呢！」

接下來，

他們拜訪領養了垂危嬰兒貓的貓姊姊。

小貓咪長得很活潑很健康，

兩隻貓看起來好幸福的模樣。

喵喵心裡也洋溢著快樂的感覺。

旅人貓好像又要展開新旅程了。

「咦？大狗變回原本的小狗了！」

旅人貓解釋：

「是我施展魔法讓他變小的。

不過，若是他自己有強烈渴望想長大的話，

就會恢復原狀，變回大狗喔。」

「為什麼要把他變小呢？」

「很久以前，

他長得實在太大隻，

嚇到了其他人。

他一直很在意那次的意外，

所以我就幫個忙，讓他變小囉！」

「還有哪隻小狗比他更乖、更聽話啊！」

喵喵緊緊的抱住小狗，

希望能將心裡滿滿的感謝傳達給小狗。

「等你們結束旅行回家後，我們一定要再碰面喔！」

喵喵和奇蝦也來到書店。

除了貓老闆，還有兩位貓客人，

似乎正在討論什麼話題。

「你好⋯⋯我找到奇蝦了，
今天特地來跟你道謝。」
喵喵取出貓草的種子送給貓老闆，
貓老闆仔細盯著種子問：
「小魚乾呢？」

「不好意思，
小魚乾只剩一條了……」
喵喵說完，
將小魚乾放在桌上，
貓老闆搶在兩隻貓前頭一把
抓住小魚乾，
迅速送進嘴裡，
津津有味的吃個精光了！

「下次還可以再來這裡玩嗎？」
聽見喵喵這樣問，三隻貓露出微笑，
「歡迎你隨時來玩！」
然後，又給了他幾根鬍鬚。

回家的路上，喵喵邊走邊看著大家
送他的鬍鬚，
忍不住自言自語說：
「我突然感覺，自己好幸福喔。」
奇蝦聽了，也點了點頭。

12
大家都是世界上最棒的貓

喵喵將所有貓咪分送給他的鬍鬚全部拿出來，
攤在眼前。

喵喵已經把一些放進身體了，

大部分還沒有。

當喵喵把一根又一根的鬍鬚放進體內時，
章魚娃娃和蛇娃娃也湊過來，興奮的看著他。

「喵喵會變成一隻真正的貓嗎？」
「當然會啊！」

喵喵每放一根鬍鬚進去，
內心就很滿足。

漸漸的，所有鬍鬚都放進去了。

只不過，
奇蝦、章魚娃娃和蛇娃娃都露出奇怪的表情。

喵喵覺得很奇怪。

於是，喵喵跑去找正在睡午覺的壞心貓咪。

「你看！鬍鬚的力量是不是把我變成真正的貓咪了？」
喵喵用力搖著熟睡的壞心貓咪，大聲叫醒他。

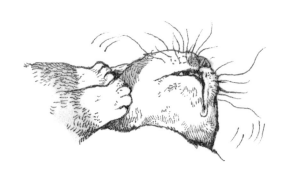

壞心貓咪張開眼睛一看，

豎直全身毛髮，大吼一聲：「喵！」

「為什麼發出這種聲音呢？」

喵喵全身都是貓咪們

送的尖硬鬍鬚，

變得像刺蝟一樣。

壞心貓咪想了好一會兒，
終於開口回答他：

「你要不要自己看一下自己的身體？
真的非常噁心。拿掉那些鬍鬚吧？」

喵喵捨不得辜負溫柔貓咪的心意，
內心也懷著想成為真正貓咪的希望，
拚命的搖著頭。

「就算沒有那些鬍鬚，

小男孩還是好愛好愛你，不是嗎？

你不在家的那一陣子，他真的很難過，

弄得一團糟呢。」壞心貓咪堅定的告訴他。

「我們貓咪的生命比人類的壽命還短，

大致上會比人類先一步離開，

但是你不一樣，可以永遠陪在他們身邊，不是嗎？」

壞心貓咪說出這番話時，眼神看起來非常複雜。

喵喵也悲傷了起來。

喵喵把身上的鬍鬚
一根根拔下來。

鬍鬚全部拔掉之後，
壞心貓咪將喵喵抱到自己膝蓋上，
緊緊的抱住他。

「你看！原來的樣子可愛多了。」

「不管是我、
還是其他的真貓，
大家心裡都有深深的不安。」

「不要擔心，你已經很棒了。
是全世界最棒的貓咪喔！」
喵喵聽了好驚訝！壞心貓咪接著說：
「因為，對最疼愛你的人來說，
你就是全世界最棒的貓啊！」

喵喵心想，
壞心貓咪和之前遇到的所有貓咪，
大家都是全世界最棒的貓。

喵喵決定，他要將貓咪送給他的寶貴鬍鬚，
全都收在藏寶盒裡，永遠珍藏著。

本書登場的貓咪和狗兒
（繪本插圖的模特兒）

故事館 42

世界上最棒的貓
せかいいちのねこ

作　　　　者	Higuchi Yuko（ヒグチユウコ）	
譯　　　　者	張桂娥	
封 面 設 計	羅心梅	
責 任 編 輯	丁　寧	

國 際 版 權	吳玲緯	
行　　　　銷	闕志勳　吳宇軒　余一霞	
業　　　　務	李再星　李振東　陳美燕	
副 總 編 輯	巫維珍	
編 輯 總 監	劉麗真	
發 行 人	涂玉雲	
出　　　　版	麥田出版	
出　　　　版	小麥田出版	

10483 台北市中山區民生東路二段 141 號 5 樓
電話：(02)2500-7696
傳真：(02)2500-1967

發　　　　行　英屬蓋曼群島商家庭傳媒股份有限公司
城邦分公司
10483 台北市中山區民生東路二段 141 號 11 樓
網址：http://www.cite.com.tw
客服專線：(02)2500-7718 ｜ 2500-7719
24 小時傳真專線：(02)2500-1990 ｜ 2500-1991
服務時間：週一至週五 09:30-12:00 ｜ 13:30-17:00
劃撥帳號：19863813　戶名：書虫股份有限公司
讀者服務信箱：service@readingclub.com.tw

香港發行所　城邦（香港）出版集團有限公司
香港九龍九龍城土瓜灣道86號順聯工業大廈6樓A室
電話：(852)25086231
傳真：(852)25789337
E-MAIL：hkcite@biznetvigator.com

馬新發行所　城邦（馬新）出版集團【Cite(M) Sdn. Bhd.】
地址：41-3, Jalan Radin Anum, Bandar Baru Sri Petali
57000 Kuala Lumpur, Malaysia.
電話：+603-9056-3833
傳真：+603-9057-6622
讀者服務信箱：services@cite.my

國家圖書館出版品預行編目 (CIP) 資料

世界上最棒的貓 / Higuchi Yuko 著；張
桂娥譯 .-- 初版 .-- 臺北市：小麥田出版
：家庭傳媒城邦分公司發行, 2017.07
　面；　公分
譯自：せかいいちのねこ
ISBN 978-986-94582-4-5(平裝)

861.67　　　　　　　　106008583

SEKAIICHI NO NEKO
By Yuko Higuchi
© Yuko Higuchi 2015
All rights reserved.
First published in Japan in 2015 by
HAKUSENSHA, Inc., Tokyo
Traditional Chinese language
translation rights arranged with
HAKUSENSHA, Inc., Tokyo
through Japan Foreign-Rights Centre
/ Bardon-Chinese Media Agency,
Taipei.
Chinese (in complex character only)
translation copyright © 2017 by Rye
Field Publications, a division of Cite
Publishing Ltd.

印　　　　刷	前進彩藝有限公司	
初　　　　版	2017 年 7 月	
初 版 十 刷	2024 年 2 月	
售　　　　價	399 元	

版權所有　翻印必究
ISBN 978-986-94582-4-5

本書若有缺頁、破損、裝訂錯誤，請寄回更換。